カンタの訓練(くんれん)

盲導犬(もうどうけん)への道

草野あきこ 作
かけひさとこ 絵

岩崎書店

目次

登場人物紹介
カンタ
ラブラドールレトリバーという種類の犬。生後２ヶ月で、パピーウォーカーの川上家にむかえられた。１歳の誕生日を過ぎたころ、川上家の人びととお別れして、訓練センターに入った。これから盲導犬になるための本格的な訓練が始まる。
クオレ
ココロ
カンタのきょうだい犬
月に１回、パピーレクチャーがある日に訓練センターで再会しては仲よく遊んだ。これからいっしょに訓練を受ける。
ミワくん（訓練士）
訓練センターで、カンタやほかの犬の世話や訓練をしてくれる。

川上家(かわかみけ)の人びと

子犬のカンタを家族(かぞく)の一員(いちいん)として育(そだ)てた。やさしいママ、楽しいパパ、いつもいっしょに遊(あそ)んだ樹(いつき)。夏はおばあちゃんの家に行ったりして、思い出をたくさんつくった。「カンタ」という名前もみんなで考えた。

タケウチスミレさん（ユーザー）

実際(じっさい)の生活で、カンタのペアになる。そのための共同訓練(きょうどうくんれん)をする。

一　訓練ってかんたん!?

ボクが「盲導犬訓練センター」にやってきたのは、一ヶ月以上前のことだ。それからずっと、「盲導犬カンタ号」としてデビューするため、訓練をしている。

なのに、今日知った。

たとえ訓練しても、「盲導犬らしい犬じゃないと、盲導犬にはなれない」んだって！

夜、冷たい風が吹きつけてくる窓の外を見ながら、考えていた。

いったい、なんなんだろう、盲導犬らしい犬って？

床はぽかぽかで、いつもならすぐにねむくなるのに、ちっともねむれない。まわりから寝返りをうつ音や、フガフガという寝ごとが聞こえてくる。

訓練センターは大きな建物で、訓練士さんたちがいる部屋や訓練をする部屋、知らない部屋がたくさんある。

ボクがいまいるのは、犬舎っていう広い部屋だ。犬舎のなかにはケージを大きくしたような小部屋がいくつもならんでいて、ボクやきょうだい犬のクオレとココロ、ほかの訓練犬たちが一匹ずつ、その小部屋のなかで寝ている。ボクたちきょうだいがやってきて、訓練犬は全部で二十頭になったらしい。

ボクは訓練センターに来るまえ、だいすきなパピーウォーカーの家族と暮らしていた。パピーウォーカーっていうのは、盲導犬の候補犬を生後二ヶ月から一歳になるまで育ててくれる、人間の家族のことだ。

ボクの家族は、やさしいママと楽しいパパ、それからいつもいっしょに遊んだ、小学三年生の樹だった。

窓の外では、木の枝がおこったように暴れている。

樹と夜の山で迷子になったのも、こんなふうに風が強い日だったな。

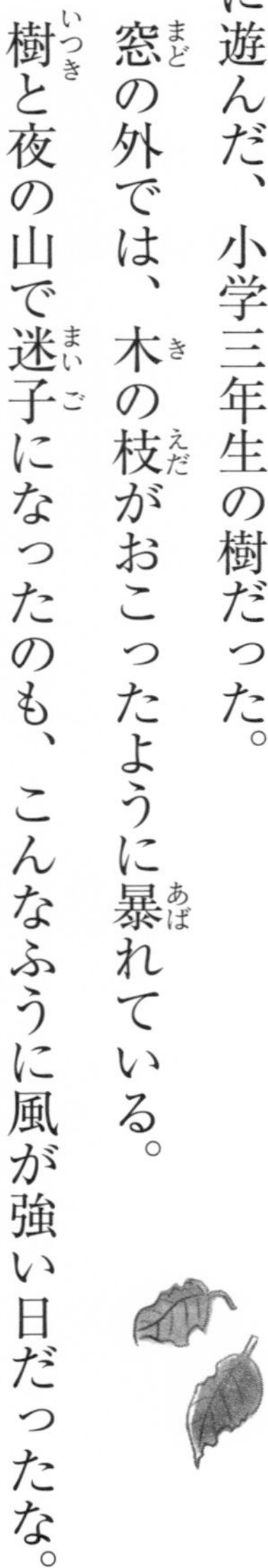

道がぜんぜんわからない山をおりるのは、すごくたいへんだったけど……。

――カンタがいっしょだったから、安心できた。

樹がそういってくれたんだ。だれかと協力して目的地まで歩き、よろこび合う。それって、なんてうれしくて、すごいことなんだろうって思った。

だからそのとき盲導犬になろうと決心したのに、もしもなれなかったとしたら……。ああもう、やだよ！

からだの下にしかれた毛布をけってジタバタしていたら、となりの訓練犬が「あれ？　もう朝のワンツーの時間？」なんてモゴモゴいった。

ボクたちの朝はいつも、「ワンツー」で始まる。ワンツーっていうのは、おしっことうんちをすることだ。

毎朝かわりばんこに、当番だとかいう訓練士さんがやってきて、ボクたちをワンツーする場所につれていってくれる。

そこで、訓練士さんの、おしっこやうんちをしてもいいよっていう合図の「ワンツー、ワンツー」のかけ声に合わせてワンツーをする。

ワンツーは一日に何回かするけど、時にはおしりにワンツーベルトっていうベルトとレジ袋みたいな袋をつけてすることもある。

最初はおしっこやうんちが袋のなかに入って、なんか変な感じがしたけど、いまでは上手にできるようになった。

どの訓練士さんも、ごはんの用意をしてくれるしやさしいから、だいすき。

でもいちばんすきなのは、ほかの訓練士さんから「ミワくん」って呼ばれているお兄さん。ボクの訓練士さんだ。訓練士さんたちみんながユニフォームっていう同じ服を着てたって、ミワくんのことはいちばんにみつけられるんだ。

ミワくんが毎日のようにやってきては、ボクのブラッシングやハミガキをしてくれたり、いい子っていう意味の「グッド」をいいながらいっぱいなでてくれたりして、すぐに仲よしになった。でも、ミワくんはボクだけの訓練士さんじゃない。

パピーウォーカーの家では、犬が一匹に人間が何人もいたけど、ここでは訓練士さんひとりに、ボクたち訓練犬が何匹かいるんだ。

訓練は、朝と昼からの二回ある。訓練センターでは本格的な訓練が始まるって聞いていたから、どんなきびしい訓練なんだろうってドキドキしていた。

なのに、毎日することといったら、ミワくんがいう盲導犬への指示語の「シット」や「ダウン」や「ウェイト」に合わせて、ボクが座ったりふせたり待ったりする、指示語の運動。

それから、おもちゃで遊ぶこと。お

もちゃの引っぱり合いっこや取り合いっこをしながら集中力をつけたり、新しい指示語を覚えたりするんだって。

あるとき、ミワくんが自分の左側の足下に、ボクのお気に入りのおもちゃを置いた。ボクがそのおもちゃを取りにいったら、ミワくんがすぐに「ヒール」っていう。

それを何回かくり返しているうちに、ミワくんの左側に行くことをヒールっていうんだなってわかった。

訓練センターのなかや町を歩くのも、最初は散歩なのかと思っていたけど、訓練なんだ。

いまでは、道のはしっこをまっすぐ歩いたり、段差や曲がり角があったら立ち止まったり、木とか電信柱とかの、障害物っていうぶつかりそうなものをよけたりすることも覚えた。

ミワくんに「グッド」ってほめられるのがすごくうれしいから、ボクは小さな段差だって見のがさないんだ。

歩くときには、ハーネスをつけるようにもなった。ハーネスは盲導犬が仕事をするときにつける胴輪だ。背中のところに小さなバッグがついていて、バッグの持ち手のようにのびている部分を、盲導犬とペアになった人が持つ。

盲導犬とペアになった目の不自由な人のことは、ユーザーさんって呼ぶ。

ボクは、もうなんだって知っているし、なんだってできる。本格的な訓練なんか、ちっともきびしくなかった。

盲導犬になるのって、かんたんだ。

そう思っていたんだ。

今日のお昼からの訓練は、町を歩くことだった。

ミワくんが差し出してきたハーネスの輪っかに頭を通したら、ほぼ盲導犬に変身だ！

ハーネスってかっこいいんだ。人間と協力して歩く特別な犬っていう印。ハーネスをつけていたら、ほかの犬は入れない店に入れるし、電車にだって乗っていいらしい。すれちがう人から、「かっこいい」とか「えらい」っていう声が聞こえてくることもあるしね。

――カンタ、ヒール。

ミワくんの左側に、さっとついた。

――ストレート、ゴー。

「まっすぐ、歩いて」の指示語（しじご）のとおり、歩きだした。

――グッド。

「ねっ、ボクってすごくグッドでしょ？　だから、もうそろそろ盲導犬（もうどうけん）になってもいいんじゃない？」

――おっと、カンタ、くっつきすぎ。寄（よ）って、寄（よ）って。

ちぇーっ。人間（にんげん）にはボクたちのことばは息（いき）づかいくらいにしか聞こえないんだ。いわれたとおり、道のはしに寄（よ）って歩いた。

あ、今日（きょう）はこの道か。もう何回も歩いたから、すっかり覚（おぼ）えちゃった。かんたん、かんたん。

歩道をすこし進（すす）んだら交差点（こうさてん）にぶつかる。交差点（こうさてん）は歩道よりもちょっとだけ低（ひく）い段差（だんさ）になっているから、この手前でぴたりと止まる。

――グッド。……ゴー。

交差点を渡ったら、ここでも、すこし高くなっている歩道に前足をかけて止まる。

――グッド、グッド。

しばらく歩いていると、ボクの鼻が勝手にフガフガ鳴りはじめる。すこし先の曲がり角には、いつもいいにおいのするパン屋さんがあるんだ。その曲がり角で立ち止まり、ミワくんの「レフト、ゴー」を聞いて、左に曲がる。

そして、歩いていたら……ほら、来たぞ！

ザザザザッ。

横の家の塀のむこうから、走ってくる音がして――。

ドカッ。

塀をつきやぶるような勢いで――。

ワワワワンッ！

耳がピンと立った犬が、塀の上に頭を出す。

いつもここを通ると、この犬がほえかかってくるんだ。

最初はなにかボクに用でもあるのかと立ち止まったけど、ずっとほえてばかりだから、もう知らんぷりで通りすぎる。

そして何度か角を曲がったら、通せんぼうの木がある歩道に出る。歩道のまん中で大きな木が一本、でんと立って、いつも歩くのをじゃましてくるんだ。まるでだれかにウェイトっていわれたみたい。

歩道のはしっこにきちんとならんでいる木はみんな、葉っぱを落っことしてしまっているのに、通せんぼうの木はひとりじめしているみたいに、たくさんのぎざぎざの葉っぱをかかえている。

最初にこの木のそばを通ったとき、落っこちているぎざぎざ葉っぱがくっついた小枝をついくわえようとして、ミワくんから「ノー」ってしかられちゃったんだ。

でも、ほぼ盲導犬のボクだから、もう枝なんか気にしないもんね。

通せんぼうの木が近づいてきたぞ。じゃましたってちゃーんとよけられ——うわっ！

ハーネスがぐぐっと止められて、前に進めなくなった。

えーっ、なんで立ち止まったの？

ミワくんが、ミワくんの顔のすぐ前にたれ下がっている木の枝を、手でパンパンとたたいてみせた。

ミワくんも、木の枝がすきなの？

——自分で考えて行動できるようにならなきゃな。

そういわれたけど、どういう意味かわからなかった。

二　盲導犬らしい犬って、どんな犬？

訓練センターに帰ってきてからは犬舎にもどるときもあれば、柵でかこまれた広い庭で遊べるときもある。今日は、ハーネスを外してもらって庭に入った。

「カンター！」

きょうだい犬のクオレが呼んでいて、その横では、ココロがしっぽをふっていた。うれしくなってかけよった。

庭ではほかの訓練犬たちが、ボクたちみたいに休んでいたり、訓練士さんとおもちゃの取り合いっこをしたりしていた。

あっ、むこうで、ミワくんが訓練犬と指示語の運動を始めた。

「今日はワタシ、『ステイ』がすごく上手にできて、訓練士さんにほめられたのよ」

「ステイって、ウェイトよりも長く待つって意味だろ。オレ、その指示語きらい。オレがすきなのは、おいでっていう意味の『カム』だ」

クオレが「カムっていわれたら、訓練士さんにどーんとぶつかっていくんだぜ」と、得意そうにいった。

「ボク、本格的な訓練って、もっときびしいのかと思ってたよ」

「オレもだ。訓練なんか、超楽勝だよな。けど、カンタはぼーっとしてるから。本当にだいじょうぶなのかよ」

クオレがそういいながら、ボクに頭つきしてきた。

「あっ、なにすんだよ。ボクだって、ちゃんと訓練できてるもんね」

頭つきしかえしたら、今度はクオレがからだごとぶつかってきた。ボクもぶつかろうとしたときだった。

「ちょっと、きみたち」

近くに座っていた先輩の訓練犬が、話しかけてきた。

「きびしいのは訓練じゃなくて、訓練士さんたちの目なんだよ」

訓練士さんたちの目？　どういうこと？

「ボクたちが盲導犬らしいかどうかっていうのを、そりゃあ細かくきびしく、ずーっと見ているんだから」

「え、ずーっと？」

ボクたちはきょろきょろまわりを見回した。ミワくんは、指示語の運動をしている訓練犬ばかり見ているみたいだけど。

「そしてね」と、先輩犬が話を続けた。

「盲導犬らしい犬じゃないと、盲導犬にはなれないんだからね」

ええっ、盲導犬になれないだって！

「訓練していても？」

先輩犬はうなずいた。

「それじゃ盲導犬らしいって、どんな犬なんだよ？」

クオレが顔を、ぐいぐい先輩犬に近づけた。

先輩犬は迷惑そうに、前足でクオレを押しもどしながら「さあね」といった。

「ボクにも、訓練をやめてどこかの家庭犬になったり、訓練センターの手伝いをするPR犬になったりしたきょうだいがいるけど、元気な子もおとなしい子もいるし……。どんな犬が盲導犬らしいのか、まではわからないな」

先輩犬は役目は終わったとばかりに、草の上にふせて寝はじめた。

盲導犬らしいって、いったいどんな犬なんだろう？　犬舎にもどっても、ずっと頭から離れなかったんだ。

次の日の朝は、雨が降っていた。

――小雨だから外を歩く……うーん、でも、みぞれが混じってて冷たそうだし、やっぱり訓練センターのなかにするか。なぁ、カンタ。

ミワくんが「カンタはレインコートを着ると、超かわいいんだけどな」っていいながら、頭をぐしゃぐしゃとなでてくれた。

ボク知っているんだからね。ボクが盲導犬らしいかどうか、きびしい目で見ているってこと。

なんだか、ミワくんのにこにこが、にせものみたいに感じられた。

ミワくんと、訓練センターのなかにある、ちらかった部屋にやってきた。パピーウォーカーの樹がママから、「片づけなさい」ってしかられていたことを思い出す部屋だ。

段ボールやイスや三角コーンっていうとがったものがあちこちに置かれているし、棒でつながった三角コーンがくねくねと道をつくっているんだ。

今朝、ワンツーする場所でいっしょになったクオレが、「オレわかったぞ」といった。

「盲導犬らしいっていうのは、オレみたいな犬だと思う」

「えっ、クオレみたいな犬？」

クオレはうなずいた。

「オレは、ついてきてもらえて頼りになる強い盲導犬になりたいんだ。だから、教えられたとおりにじゃなくて、自分で考えて行動するようにしているんだぞ」

「自分で考えて行動するのか……あっ！」
ミワくんが「自分で考えて行動できるようにならなきゃな」っていってたっけ！
「オレはさ、道を渡れそうだと思ったら指示されなくても渡るし、危険なものがないかまわりを見回すし、地面のにおいをかぐのだって、わすれないぜ」

ワンツーをしながら「カンタもオレのように、やってみな」といったクオレ、かっこよかったなぁ。

――カンタ、ヒール。……カンタ？

ミワくん、見ててよ。ちゃんと、自分で考えて行動するからね。

ボクはヒールした。

――グッド。

今日は、「グッド」だらけになるだろうな。そしてミワくんが、「カンタは、なんて盲導犬らしいんだろう！」って、びっくりするだろうな。

――ストレート、ゴー。

まっすぐ歩いて、段ボールをよけて……次は三角コーン。あっ、そうだ、こうすればよけなくても通れるじゃんか。えいっ。からだでぐいっ

と、三角コーンを押しのけた。

――ノー。

三角コーンの道の途中には、小さな階段が置いてある。低いテーブルみたいなものの両はしにちょっとのぼってちょっとおりるだけの、短い階段がついているんだ。

階段をのぼるときは、一段目に前足をかけて止まるんだけど……そうだ、このほうがすごくない？　よいしょっと。

二段目に前足をかけてみた。

――ノーッ。

階段をのぼったらゴーの合図でおりはじめる。でも、こんな短い階段なんか、飛び下りたほうが早いぞ。それっ。

——うわわっ、ノー、ノーッ。

あれ？　おかしいな、ノーばっかりだ。ええと、ほかには……あっ、いいこと思いついた。あれだ！

部屋のはしにあるイスを見た。

いつもは「チェア」といわれてから空いているイスをさがすんだけど、いわれるまえにミワくんに休んでもらうのって、いい考えじゃん。

「ミワくん、こっちこっち」

ハーネスを引っぱって、イスのほうへ歩きだそうとしたら——。

——ノー、ノーッ！

えー、これもノー？　もうどうすればいいか、わからないよ。

外の雨音が激しくなった。雨にぐっしょり降られたみたいにからだが重くなって、床にぺたりと座りこんだ。

——おいおいカンタ、どうしちゃったんだよ？

ミワくんも座ってボクの頭を両手で包み、不思議そうにのぞきこんできた。

きっと「盲導犬らしくない」って、思っているんだ。

顔を合わせていられなくて後ろをむいたら、ちょうどココロが訓練士さんと部屋に入ってきたところだった。ココロは、段ボールをさっとよけて「グッド」、ボクがたおしたままの三角コーンをささっとよけて「グッド」、階段では一段目に前足をかけて止まった。

――グッド、グッド！

おりるほうの階段でも、手前でぴたりと止まった。ココロには、「グッド」の雨が降りそそいで、きらきら輝いている。

ココロたちが、こっちに歩いてきた。

――ミワくん。カンタ、どうかしたのか？

――いやあ、それが、いままでできていたことが急にできなくなったんです。

「カンタ、うまくいかないの？」

ココロが聞いてきた。

「クオレに、教えられたとおりじゃなく自分で考えて行動するのが盲導犬らしいっていわれて、そうしたんだけど」

——急にできなくなるってことは、たまにあるけどなぁ。

——そうなんですけど……。

「カンタったら、なにやってるのよ」

ココロが「それ、逆よ」といった。

「えっ、逆？」

「ワタシ考えたんだけど、盲導犬らしいっていうのは、ワタシみたいな犬だと思うの」

「ココロみたいな？」

ココロはうなずいた。

「ワタシはいつも、教えられたとおりに行動するし、指示語だってまちがえないの。そうしたほうがグッドっていわれるでしょ」

「うん、そう……だよね」

——具合が悪いんじゃないか？　獣医さんに診てもらうか？

ええっ！

ボクは、がばっと立ち上がった。

「たいへんだわ！」

「ボク、注射されちゃうの？」

――もうすこし、様子を見てみます。

ああ、よかったぁ。

ココロとほっと、顔をくっつけ合った。

――ココロ、さあ、行こうか。ゴー。

「いい？　もうまちがっちゃダメよ」

ココロはそういって、訓練士さんと歩いていった。

三　楽しく歩きたい

昼からは、町を歩くことになった。ミワくんが差し出したハーネスの輪っかのむこうに、お日さまが見えていた。

――ストレート、ゴー。

まちがえないように、まっすぐ、まっすぐ……、うーん、でも「自分で考えて行動できるように」って……？

――ノーッ。

ええっ、なにが？

ミワくんが足の裏で、段差をトントンとたたいてみせた。

あっ、交差点の段差を、気づかずに通りこしちゃっていた。

なんだか頭のなかが、「まちがえないように」と「自分で考えて行動できるように」のことばでぱんぱんで、耳や鼻からあふれてくるみたい。

パン屋さんのにおいにも気がつかず、曲がり角を通りこしてしまった。

「ライト」って右に曲がるようにいわれたのに左に曲がったし、「ヒール」といわれてミワくんの足にくっつきすぎて、ミワくんが転びそうにもなった。

盲導犬らしいから、どんどん遠ざかっていく。

ビョーと強い風が吹いた。

いてっ。

なにかが鼻先をたたいて、地面に落っこちた。

あ、ぎざぎざ葉っぱ。

風に飛ばされたらしいぎざぎざ葉っぱや小枝が、地面のあちこちにちらばっていた。いつの間にか、通せんぼうの木のある歩道に来ていた。

ずっとむこうで、通せんぼうの木がからかうように、風で枝をくねらせていた。ひどいよ、あんな遠くから、葉っぱを投げつけてくるなんて。

ワンワンワンッ。

うわわっ！　耳がびくっとはねた。

前から、耳をピンと立ててキバをむき出した犬が近づいてきた。あ、いつも塀の上からほえかかってくる犬だ。

ワンッ、ワワワンッ。

そういえば、さっき塀から顔を出さなかったっけ。

——ほら、待て、待てしなさい。こらっ！

おばさんがぴんと張られたリードを持って、一生懸命、歩道でふんばっている。なんだか通せんぼうの木みたい。

ウーッ、ワンッワンッ。

——カンタ、ヒール。

「ねえ、きみ、なんでいつもほえるの？」

「はぁ？　うっせぇな。オレは自由なんだ。ほえたいからに決まってんだろ」

自由？　ああ、そうか。自然にしているってことなんだね。

——ゴー。

犬とおばさんをぐるりとよけて、歩きだした。

「ふん、おまえらなんか、いつも無理(むり)に人間(にんげん)に合わせて歩きやがって」

後ろから、「不自由(ふじゆう)だな」っていう声(こえ)が追(お)いかけてきた。

べつに、無理(むり)なんかしてないもん。……あれ？　いまのボクってどうなんだろう。

ふと、パピーウォーカーの家にいるころに出会った犬を思い出した。

まだ盲導犬(もうどうけん)になるかどうかなやんでいたボクに、「自然(しぜん)にしているのがいちばんだ。無理(むり)するのは、からだにも心にも悪(わる)いぜ」

といってくれたんだっけ。

いまのボクはぜんぜん、自然にしていない。無理している。だから、具合が悪いってかんちがいされたし、ちっとも楽しくないんだ。

道の反対側の歩道を、クオレが訓練士さんと歩いてくるのが見えた。クオレは、横の店をのぞいたり、落っこちているものを口に入れようとしたり、ボクに気づいて道を渡ってこようとしたりして、そのたびに訓練士さんから「ノー」といわれている。なあんだ、クオレだって、ノーばっかり。でも、おどるような足どりで歩いていった。

そうか、ココロもクオレも盲導犬らしくしているのに楽しそうなのは、それがココロとクオレにとって自然だからなんだ。

後ろのほうで、クオレとさっきの犬がほえ合っている声が聞こえてきた。

ボクも、自然にしていたい。

通せんぼうの木が近づいてきた。きのうミワくんがパンパンたたいていた枝が、いまもだらんとたれたままで、こっちにおいでとゆれている。

あぶないなぁ。ボクとペアになるユーザーさんは目が不自由だから、枝に気がつかなくてぶつかっちゃう……あっ、だからボクが、ユーザーさんの分まで気をつけなきゃならないんだ。

通せんぼうの木は、すぐ目の前。ええと……こっちだ！　枝のたれていないほうを通った。そのとたん。

――グッド、カンタ。グッド、グッドーッ。

うれしさが、ぱーっと体中をかけめぐった。

自分で考えて行動できるようにって、こういうこと？

ミワくんの手が「そのとおりだよ」っていうように、ボクの頭や首をなでた。

朝、三角コーンを押しのけたり階段を飛び下りたりしたっけ。そんなことしたら、ユーザーさんがケガをしちゃうのに、自分のことしか考えてなかった。

ボク、ぜんぜん、ほぼ盲導犬なんかじゃない。

歩道がきらりと光った。大きな水たまりができていて、お日さまが映っている。同じ道でも、いつも同じってわけじゃないんだな。

うーんと、こっちだ。

ミワくんの足もぬれないように気をつけて、水たまりをよけた。
――グッド、グッド、グーッド！
ミワくんの顔も、お日さまみたいにきらきらしていた。

訓練センターにもどってから、ミワくんにブラッシングをしてもらった。
――カンタっていう名前は、イタリア語でうたうっていう意味だって、パピーウォーカーさんがいってたな。

うん、いいでしょ。うたうように楽しく生きていってほしいっていう願いをこめて、ママたちがつけてくれたんだ。

——いつもカンタは名前のとおり、うたうように、リズムにのって歩くんだよな。楽しそうに。

……でもね、盲導犬らしくしようとしていたら、ちっとも楽しくなかったんだ。

——楽しそうに歩くのが、盲導犬にはいちばんなんだよなぁ。

……えっ！

「そうなの？」

——あれ、カンタ。いま、「そうなの？」って顔したな。あはは。よし、ブラッシ

ング終わり、と。

なあんだ、そうだったんだ。楽しそうに歩くのが盲導犬らしいのなら、ボクたちきょうだいはみんな、だいじょうぶだな。ボクはぐうんとのびをした。

今日は訓練犬みんなで庭に出て、訓練士さんが投げるボールを追いかけて遊んでいる。「ウェイト」っていわれても、ボクのおしりはつい動いちゃう。

ふと、クオレが庭のはしっこに座っているのに気がついた。いつもなら、ほかのみんなを押しのけてでも、ボールを取りにいくくせに。

「クオレ、なにしてるの？」

ボクがクオレのそばに行ったら、ココロも「クオレ、具合が悪いの？」

といいながらやってきた。

「オレ……盲導犬らしくないらしい」

クオレはぱたりと、草の上にふせた。

「訓練犬をやめて、どこかの家の犬にならなきゃいけないんだってさ」

「ええっ！」

「もう、そう決まったの？」

ボクとココロは顔を見合わせた。

「うん……。オレの訓練士さんが、クオレにぴったりな家を選んだから
ね、だって」

ボクたちの目の前を、ボールがころころ転がっていった。

「クオレは指示語に従ったり教えられたとおりに行動するのは、イヤなんでしょ？」

「そりゃ、そうさ。オレは、ついてきてもらえて頼りになる強い盲導犬になりたかったんだから」

キューン。

クオレの鼻が悲しそうに鳴るのなんて、初めて聞いた。

「あのねボク、見えないところから、

いきなり犬にほえられたり葉っぱがぶつかってきたりして、びっくりしたことがあるんだ。だから、目の不自由な人は盲導犬に勝手に行動されたら、すごくおどろくし、こわい思いもするんだと思う」

「ねぇ、クオレ、ついてきてもらえて頼りになる強い犬なら、盲導犬じゃなくてもいいんじゃない？」

クオレは目だけ上げて、ボクとココロを見た。

「きっと、盲導犬になるよりも家庭犬になるほうが、クオレらしくいられるんだよ」

クオレがむくっと、起き上がった。

「……オレはその家で、オレのめざす犬になればいいのか。そうか、そうなんだな」

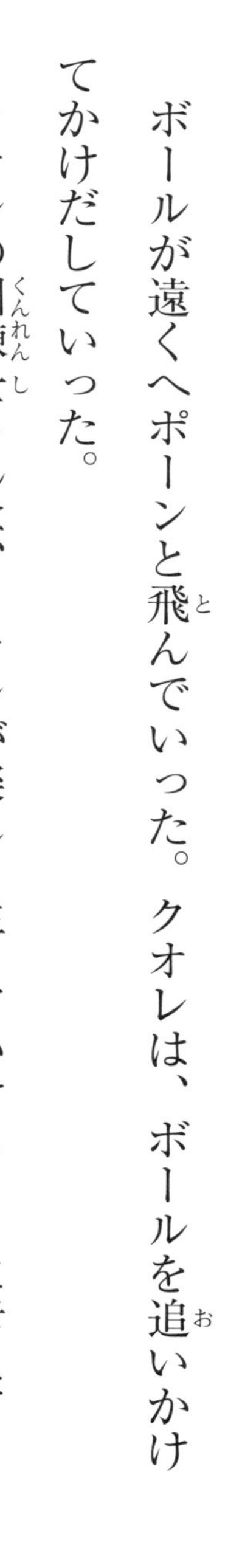

ボールが遠くへポーンと飛んでいった。クオレは、ボールを追いかけてかけだしていった。

クオレの訓練士さんは、クオレが楽しく生きていけるように考えてくれたんだ。じゃあ、訓練士さんの目はきびしいんじゃなくて、やさしいのかもしれないな。

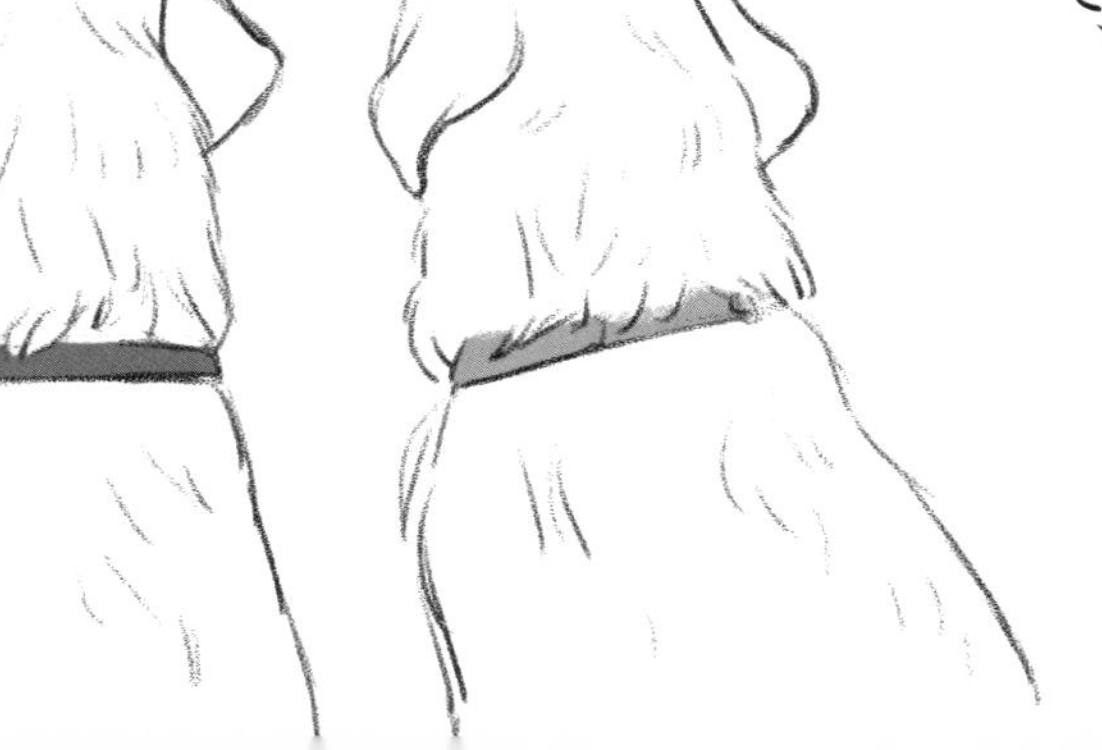

四　アイマスクテストがやってきた

お昼の訓練のあと、庭にココロとならんで座っていた。風がビューッと吹き抜けていったら、近くにいた訓練士さんたちが「まだちょっと風が冷たいね」とからだを縮めていた。

「なんだか、クオレがいないと庭が広く感じるね」

訓練センターに来たばかりの新入りのきょうだい犬たちが、元気いっぱいに、あちこち走りまわったり転げまわったりしている。

「ワタシたちだって、いなくなるかもしれないわよ」

ええっ！

「どうして？　ボクとココロは、盲導犬らしいんじゃないの？」

ココロが「それだけじゃ、ダメなんですって」といった。

「カンタは、アイマスクテストのこと聞いてない？」

アイマスクテスト？

「なに、それ？」

ココロが、犬舎のとなりの小部屋の先輩犬が教えてくれたということを、話しはじめた。

「訓練士さんが、まわりが見えないようにアイマスクっていうものを目につけて、テストをするんですって」

「テスト？　……あっ」

思い出した。パピーウォーカーの家にいるとき、樹が「テストの点が悪くて、やばい」っていってたっけ。

「アイマスクをつけたまま、指示語の運動をしたり町を歩いたりするらしいわよ。きっとワタシたちが目の不自由な人とでも、ちゃんとコミュニケーションがとれるかとか、歩けるかとか――あっ、いたっ」

新入り犬の一匹が、ココロにどかっとぶつかってきた。

「ちょっと、あなたたち、知ってる？　訓練士さんは、ワタシたちが盲導犬らしいか、いつも見ているんですって……」

アイマスクテストでやばいことになったら、盲導犬にはなれないってことだよね。

次の日の訓練では、ついミワくんの顔ばかり見て通せんぼうの木にぶつかりそうになってしまった。

——カンタ、やたらとボクの顔を見上げてきてたなぁ。

犬舎にもどって、ミワくんがブラッシングをしてくれながら、そういった。

だって、アイマスクをしていないかが気になっちゃったんだ。

——だいじょうぶかな。もうすぐアイマスクテストなのに。

うわぁ、やっぱり！

——アイマスクテストは二回……。ボクも訓練センターに入ってから二回テストを受けたから、カンタと同じだな。

えっ、ミワくんもテストを受けたの？

——研修生から訓練士になるためのテストを受けて、それから去年、歩行指導員の資格を取るテストを受けたんだよな。

歩行指導員？

——資格が取れたから、カンタの共同訓練も、ボクひとりでやれるんだ。

ミワくんが「ここまで来るのに、五年以上かかったんだぞ」って、ボクを抱きしめてきた。

なんのことかよくわからないけど、ミワくんもなりたいものにな

るためにテストをがんばったんだね。ボクだけじゃないんだ。

ミワくんの肩を、あごでぎゅっと抱きしめ返した。

それから何日かたったある日、ミワくんと庭に出た。いつもの指示語の運動かなと思っていたら、ココロの訓練士さんが「もう春だなぁ」っていいながら、近づいてきた。

春？　風のにおいをかいでみた。ふうん、そっか。鼻先に当たる風がすこしあたたかいのは、春っていうのになったからなんだね、ミワくん。

うわっ。

ミワくんが目になにかつけている。……これだ。これが、アイマスクっていうやつなんだ。

いつの間にか、ほかの訓練士さんたちも集まっていた。

――カンタ、カム。

うわわ、もう始まった！

――ヒール。

ミワくんの左足にぴったりくっついたら、気持ちが落ち着いてきた。シットもダウンもできたし、ミワくんが歩こうが走ろうが回ろうが、どんな動きをしたってヒールを守った。ヒールからのシットもウェイトからのカムも、いつもの指示語の運動と同じようにできた。

アイマスクの下から、ミワくんのにこにこ顔があらわれた。やったぁ、テストが終わったんだ！

……まだだった。今度は、またアイマスクをつけたミワくんと、町を歩いた。

――ストレート、ゴー。

ミワくんは見えていないはずなのに、ボクが電信柱や木をよけたり段差や曲がり角で止まったりしたら、「グッド」ってほめるし指示を出す。どうしてわかるのかな？

……そうか、ハーネスでつながっているからだ！

ハーネスって、かっこいいだけじゃないんだ。盲導犬とペアになった人をつなぐ、たいせつなものなんだな。

五　きびしいことだってある

近ごろ、にぎやかな町で歩く訓練をすることが増えてきた。

ボクのアイマスクテストは、どうなったのかな？

ココロもアイマスクテストがやばいことになっていないか、気になっているみたい。なんだか元気がないんだ。

にぎやかな町へは、ミワくんが運転する車で行く。車の後ろには広いケージがのせられていて、今日は、ボクと先輩の訓練犬たち全部で四匹で、そのケージに入った。

車にゆられていると、すぐねむくなってしまう。車のドアが開く音で、目を覚ました。

ミワくんは順番に、一匹ずつ訓練犬をつれて町を歩き、もどってくる。ボクの番が来たのは、最後だった。車から飛び下りて、ミワくんが差し出しているハーネスに頭を通したら、気持ちがきゅっと引きしまった。

――カンタ、ゴー。

にぎやかな町は、歩いている人も、道のはしにとまっている自転車や車も、電信柱やゴミ箱だってたくさんある。よけるたびに――。

――グッド、グッド。

「グッド」もいっぱいだから、どんどん気分が上がってきた。

大きな交差点が近づいてきた。

あっ、ほら、ここに段差があるよ。

交差点の手前で立ち止まったとたん、

「チッ」という声がした。

――なんで止まるんだよ？　信号は青だろ！

おじさんがボクを見下ろしながら、追いこしていった。

――すみません。

ミワくんがあやまった。

ボク、まちがえちゃったの？

ミワくんが「だいじょうぶだよ」というように、ボクの頭をやさしくぽんぽんとたたいた。

交差点を渡りはじめたら、むこうから歩いてきたお姉さんが、いきなり、ボクの頭を抱きしめてきた。

うわわっ。

——いま、おじさんにいじわるいわれたでしょ？　犬に信号の色がわかるわけないのにね。

お姉さんは「がんばってね」といって、歩いていった。

やさしいお姉さんだなぁ。しっぽをふって見送った。

——カンタ！

あっ、いま、まっすぐ歩いているところだった。あれれ？　まっすぐ

って、どっち？　ええと、ええと……。

――ヒール。

こっちだ！

交差点を過ぎてしばらく歩いたら、歩道橋の長い階段をのぼり、下を電車が通る橋を歩く。最初にここに来たときは、電車を見ようとつい橋の下をのぞいて、ミワくんにしかられたっけなぁ。

ゴーッという音を立てて、下を電車が通りすぎていく。でも、もう、なににも気をとられたりしない――。

――うわ、でっかい犬。

そんな声がして、いきなり目の前に男の子があらわれた。

――こっちに来い！

男の子は手をたたいたり、ジャンプしたりしながらボクの前を歩いていく。ランドセルがカタカタと楽しそうな音を立てている。

なんだか樹(いつき)を思い出しちゃうな――。

――ごめんね、いま、だいじな訓練中(くんれんちゅう)だから。

そうだった！　つい男の子についていこうとしていた。

――なんだよ、ケーチ。

男の子は走っていってしまった。

歩道橋の階段をおりたら、ボクの鼻先にだれかの手がすっと差し出された。

——これ、どうぞ。

知らないおばさんがにこにこしながら、なにかいいにおいのするものを手に持っている。ボクにくれるの？　鼻をフガフガ鳴らしながら近づけた。

——ノーッ！

あわてて鼻を引っこめた。

——いま、訓練中ですので。

ミワくんが、そういった。

——まぁ、犬用のおやつですよ。ごほうびにいいじゃないですか。

——決められたエサしか、食べさせてないんです。すみません。

歩きだしたミワくんにボクもついて歩いたら、後ろからおばさんの「かわいそうに」っていう声までついてきた。

ボク、ちゃんと覚えていたんだ。パピーウォーカーのママがいってたこと。「決まったエサじゃないものを食べたら、ワンツーのリズムが乱れるし、おなかをこわすかもしれない」って。だけど、知らん顔したら、おばさんに悪い気がしたんだ。

あーあ、なんだか、今日の訓練ってきびしい……。

——ほら、あの犬、見てみろよ。しっぽが下がってるだろ? 楽しくないってことだよ。

ええっ、ボクのこと!?
そんなことないもん。ちゃんと楽しく歩けてるから……あれ？
ミワくんのしっぽが下がってる！
ミワくんにはしっぽなんてあるわけないのに、そんなふうに見えた。
ねぇ、だいじょうぶ？

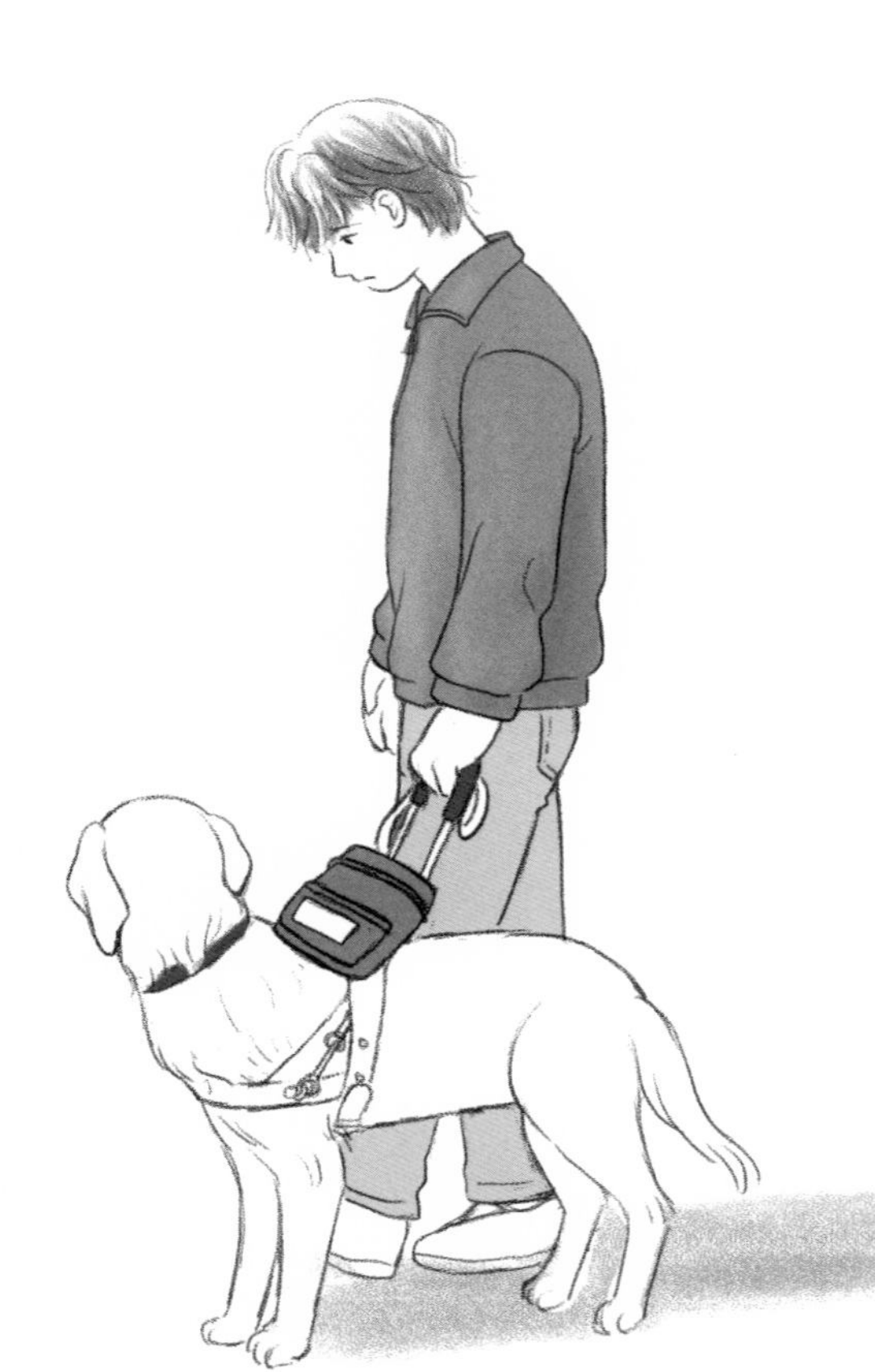

ミワくんがはっとしたようにボクを見下ろして、ボクの頭やあごをなでてくれた。ミワくんのにこっとわらった顔を見たら、ほっとした。ミワくんといっしょだと、イヤな気持ちがへって、うれしい気持ちが増える気がする。ミワくんもそうだといいな。

町からもどってきて、庭でココロのとなりにごろんと寝そべった。

「ねぇ、アイマスクテストってどうなったんだろうね？　ボク、やばいことになってないかなぁ」

そう聞きながらも、庭があたたかくて、目がだんだん閉じていく……。

「ワタシ、訓練犬をやめることにしたのよ」

ええっ！

ココロのことばに、飛(と)び起(お)きた。

「どうして?」

「ワタシ、音が苦手(にがて)なの。にぎやかな町って、いつもいろんな音がしているし、なんの音かわからない大きな音がいきなり近くで聞こえて、びっくりさせられるし」

「でもココロは、すごく盲導犬(もうどうけん)らしいじゃんか。障害物(しょうがいぶつ)だって、きれいによけられるのに」

「音はよけられないもの」

……そっか。ココロが楽しく歩けるのが、

いちばんだもんね。

「だから訓練士さんに、町へ訓練に行きたくないって伝えていたの」

そうしたら訓練士さんが気づいてくれて、ココロはしずかな町の、家庭犬になることになったんだって。

「カンタは、家庭犬になるなんて話はされてないんでしょう？　だったら、だいじょうぶよ。カンタは、いい盲導犬になれると思う」

ココロが「きっと、もうすぐよ」と、やさしく鼻先を寄せてきた。

でもココロがいなくなってからも、訓練は続いた。エスカレーターや電車の乗り方も覚えた。パピーウォーカーの家族が見たら、びっくりするだろうな。

盲導犬になるのって、かんたんじゃないんだな。

そういえば、ミワくんが「アイマスクテストは二回」っていってたっけ。でも……。ボクはとなりを見上げた。

ボクのハーネスを持っているのは、アイマスクをつけたココロの訓練士さんだ。

ほかの訓練士さんがアイマスクテストをするなんて、聞いてなかったよ。

後ろをふり返ったら、ミワくんと目が合った。がんばれっていってい るような気がする。

——カンタ、ヒール。

ミワくんとちがう声に、はっと前をむいた。

――ストレート、ゴー。

歩くスピードも、ハーネスの持ち上がり方もちがっている。ペアになる人によって、変わるんだな。

きっとだれとでも、ちゃんと歩けなくちゃならないんだ。ボクとペアになるユーザーさんは、どんな歩き方をするんだろう。

「今日は梅雨の合間の、貴重な晴れの日」って、ミワくんはほかの訓練士さんと話していたくせに、歩いたのは訓練センターのちらかった部屋だった。

もう何度も歩いたよく知っている部屋だけど、ちゃんとミワくんに集中した。段ボールも三角コーンもよけたし、階段をのぼるときもおりるときも、きちんと止まった。

「チェア」といわれて、空いているイスまでミワくんをつれていった。

――ウェイト。

ミワくんがボクにそういってから、ドアのほうへむかって「どうぞ」と声をかけた。ドアからおとなの人がふたり歩いてきて、子どもがひとり走ってきた。

持ち上がりかけたおしりを、ぐっとこらえた。しっぽだけが、かけだした。

――カンタ、オレのことわすれちゃった？

近づいてきた樹が、心配そうに手をのばしてきた。

そんなことない。わすれるわけないよ。

――オッケー。

ミワくんのことばを聞くなり、ボクは樹に飛びかかった。なつかしい樹のにおいだ。

――うわぁ、いててて。なあんだ、覚えてたんだ！　反応ないから心配しちゃったぞ。

――カンタ、えらいな。歩いているところを見てたんだぞ。

「パパ、パパ」

パパにからだのあっちこっちを、力いっぱいこすりつけた。

――カンタ、りっぱになっちゃって。

「ママ、ママだ！」

しゃがんだママに、前足でしがみついた。

――すごいわねぇ。アイマスクテストに合格したなんて！

「えっ、そうなの？」

ボクの二回のアイマスクテストが終わったら、パピーウォーカーの家

族に会えることになっていたらしい。

——盲導犬になるなんて、あのカンタがなぁ。

パパが「盲導犬カンタ号の誕生かぁ」といいながら、そでで自分の顔をぬぐっていた。

ボク、とうとう、盲導犬になれるんだ！

——カンタ、すっげぇな。オレも、テスト、がんばらなきゃ。

こんなことというなんて、あの樹がなぁ。

ワフッ。

「グッドだ」

しばらく遊んだあと、ミワくんと訓練センターの出口まで行き、みんなを見送った。

みんなが何度ふり返ったって安心できるように、おしりもちゃんとウエイトした。

六　共同訓練が始まった

パパは「盲導犬カンタ号の誕生」だなんていっていたのに、訓練はまだ終わらない。

このところ外を歩くのは、朝早くやお日さまが見えなくなってからになった。ミワくんが「暑さ対策だ」っていっていた。

店のなかを歩いたり、電車やバスに乗ったりする時間が多くなったのも暑さ対策だろうな。

――カンタ、今日、ペアになるユーザーさんに会えるぞ。「タケウチスミレ」さんっていう人だ。

ミワくんがそういったのは、暑さ対策が終わったころだった。

「やったぁ」

今度こそ、盲導犬になれるんだ！

——今日から、ユーザーさんとカンタの共同訓練が始まるぞ。

「えっ……まだ訓練するの？」

そういえばミワくんがまえに、共同訓練っていってたっけ……。でもだいじょうぶ。今度はスミレさんといっしょにする訓練なんだよね。

ミワくんと、スミレさんが待つ部屋のドアの前まで来た。

しっぽが、もうゆれだした。

だってボクを待っているってことは、スミレさんはボクのことをだいすきってことだもんね。

ミワくんがドアをコンコンとたたくと、中から「はい」っていう小さな声が聞こえた。

ミワくんがドアを開けたら、部屋の奥のイスに女の人が座っていた。

「こんにちは、スミレさん」

ボクはリードを引っぱって、スミレさんにかけよった。

「あのね、ボクがスミレさんの盲導犬になるカンタだよ」

スミレさんの足にからだをぐいぐい何度もこすりつけて、手にボクの

頭を押しつけた。そのとたん。

――ひゃあっ。

スミレさんが手を引っこめた。

――だいじょうぶですよ。かんだりしませんから。

「ボクかまないよぉ」

――カンタをなでてあげてください。

スミレさんの手がおそるおそるっていう感じで、ボクの頭にちょっとさわってまた引っこんでいった。

――タケウチさん、犬を飼っていたんですよね？

――ええ、あの、家族でマルチーズは飼ってました。でも、こんな大きな犬はさわったことなくて……。ワタシには、犬っていうと小型犬のイメージだから、なんだか、この子、犬って感じがしないです。

ええっ！

――それに、この子、元気すぎて、ワタシどうしたらいいのか……。本当はおとなしい女の子が希望だったんです。女の子のほうが、からだも小さいんですよね――。

ミワくんが「タケウチさん」と、ちょっと強くいった。

――ペアになるユーザーさんと盲導犬は、性格や生活スタイルを考えて、ちゃんとマッチングしているんですから。それに、カンタはおだやかでやさしい子ですよ。「ウェイト」っていえば、おとなしく待てます。

「そうだよ。ボク、ちゃんと待てるのに」

――はい……。

つまんない。スミレさんって、ボクのことがすきじゃないいんだ。ミワくんとスミレさんといっしょに、ワンツーする場所(ばしょ)へ行った。しっぽがめんどくさそうに、だらんとしていた。

スミレさんがミワくんに教えてもらいながら、ワンツーベルトと袋(ふくろ)をボクにつけた。

――つけたら、ワンツーをくり返していってください。

――は、はい。ええと、ワン、ツー……ワン……ツー。

なにをいってるのか、わかんないよ。ワンツーしづらいな。

――ワ……ツー。

もう、しょうがないな。

ワンツー、ワンツーッ、ワンツーッ！

ボクは自分で頭のなかでくり返して、ワンツーを終わらせた。

――ほら、ちゃんとワンツーができたんだから、カンタをほめてください。

――はい。ええと、グッド。

……なにそれ？　ちっともグッドに聞こえない。しっぽだって、ぴくりとも動かないよ。

ごはんも、スミレさんがミワくんに教わりながら用意してくれたけど、いつもよりおいしくなかった。

――これからカンタのお世話は、タケウチさんがしてくれるからな。

ええっ、もう行っちゃうの？

――明日からハーネスをつけて、歩行訓練です。

ミワくんはスミレさんとボクにそういうと、部屋を出ていった。

キューン。

「待って」

ドアの前でお座りしていたけど、もうもどってこなかった。

次の日、ハーネスを持ったスミレさんと訓練センターの近くを歩いた。

――まっすぐ歩いてください。

ミワくんがあとをついてきながら、そういった。

――ええっと、なんだっけ？　あ、ス、ストレート、ゴー。

スミレさんってば、自分でまっすぐっていったくせに、ぜんぜんまっすぐ歩けてないじゃん。なんでハーネスをぐいぐい引っぱって、横にずれていっちゃうんだろう？

――からだが右にむいていますよ。ハーネスは軽く持ってください。

ミワくんがスミレさんにそういっても、車が通るほうへ寄っていくし、曲がり角では「レフト、ゴー」って左に曲がるようにいうくせに、手では右のほうを指す。

せっかくボクが段差(だんさ)で止まったのに、スミレさんはそのまま歩いていって、やり直(なお)しになった。
――いま、カンタが止まったのがわかりましたか？　足で確認(かくにん)してください。
スミレさんが段差(だんさ)を足(あし)の裏(うら)でぽんぽんたたいて、「あ、段差(だんさ)があります」といった。
そんなの知ってる。だから止まったのに。

——すぐにカンタをほめてください。

——あっ、はい。カンタ、グッド。

気分もしっぽも上がらないグッドって、あるんだなぁ。あーあ、いっしょに歩いていても楽しくない——。

キャンッ！

「いてっ！」

——ああっ、ごめんなさい。

スミレさんがボクの足をけった。

夜、スミレさんは勉強だとか食事だとかで、部屋にいないことがある。

だれもいないとさみしい。でも、スミレさんがもどってきたって、やっぱりさみしい。

寝るのはスミレさんの近くの、ボク用ベッドだ。目を閉じたら、ミワくんやパピーウォーカーの家族のことばかり思い出して、鼻がキュンキュン鳴るのを止められなかった。

ボクのことをすきな人がいないのって、すごくさみしいんだなぁ。

次の日、スミレさんがミワくんに教えてもらいながら、ボクのブラッシングや耳そうじをした。

あーあ、本当にこのまま、スミレさんの盲導犬になっちゃうんだなぁ。

マッチングって――。

――あの、マッチングってまちがってないですか?

スミレさんも、ボクと同じことを思っていたんだ。

――ゆうべも、ずっとキュンキュン鳴いていたんです。ワタシのことはぜんぜんすきじゃないみたい。

ちがうもん、スミレさんがボクのことをすきじゃないんだよ。

――共同訓練って、ただいっしょに歩けるようにするためだけじゃなくて、盲導犬とユーザーの信頼関係をきずくためのものでもあるんですよ。

信頼関係をきずく？

ミワくんはボクの頭をなでながら、「カンタはやさしくていい子なんですよ」といった。

――毎日お世話して、いっぱいほめてください。

――はい……。

クーン。

「はい」

七　ボクのだいすきな人

夜、勉強に出ていたスミレさんがミワくんともどってきた。

――運んでもらってすみません。

スミレさんらしくない、うれしそうな声だ。

――窓側の台の上に置きますね。

ミワくんがテーブルみたいなものを、部屋の台の上にそっと置くのを、ボクはふせたまま見ていた。

ミワくんが出ていってからスミレさんはイスに座り、そのテーブルみたいなものに両手をのせて動かしはじめた。そのとたん。

ポロロロロン。

えっ、なになに？　ボクははね起きた。

スミレさんの手からつぎつぎ音が出てくる。どうなってるの？

そばに行ってのぞいてみた。

スミレさんの指が、あっちこっち動きまわっている。ボクをブラッシングするときよりも、すばやい動きだ。

あ、音が止まっちゃった。

——カンタ？

スミレさんの手がゆっくりのびてきて、ボクの鼻先にそっとふれた。

一度引っこみかけて、またのびてきた。

やっぱり、ボクにさわっても音は出ないね？　ねぇ、もう一回、それ、さわってみて。

――カンタの名前って、うたうっていう意味なんだってね。音楽がすきだったりして。これね、キーボードっていうのよ。今日、ワタシの両親が持ってきてくれたの。

スミレさんの指は、そのキーボードっていうものの上で、ちょっとなにかをさがすように動いてからウェイトし、だれかにオッケーっていわれたように、また動いたりはねまわったりしはじめた。

うわぁ、キーボードがうたってる。

ボクのしっぽが、音に合わせておどりだした。

――カンタ、いま、しっぽをすごくふってるでしょ?

うんっ、楽しいもん。

スミレさんがまたキーボードから手を離して、ボクの顔を両手でそっと包むようにして、あちこちなでてきた。

——耳がぺたって、ほっぺにはりつくみたいにくっついて、口のはしがわらっているみたいに上がってる。目は細くなって……おんなじだ、マルチーズのソラがよろこんでいたときと。

わすれていた。スミレさんは目

が不自由だから、手でさわってわかるんだ。だからまっすぐ歩けないのも、ボクの足をけってしまったのだってしかたないのに。

「スミレさん、ごめんね」

ボクはスミレさんのひざに、あごをそっとのせた。

――ソラもこんなふうにしてたなぁ。ねぇカンタ、いまうれしいの？

うん、スミレさんがうれしそうだから、ボクもうれしいんだ。

――大型犬も、やっぱり犬なんだねぇ。

当たり前だよ。いま、気づいたの？　あ、おなかもなでてみる？

ボクは寝転がった。スミレさんの手って、こんなに気持ちがよかったんだなぁ。

スミレさんってねぇ、すごいんだ。小さいころからピアノを練習していて、今度からカフェでピアノをひく仕事を始めるんだって。

——病気で、子どものころから、だんだん目が見えなくなっていってすごく悲しかった。でも、ピアノは夢中でひけたの。

ピアノってキーボードに似ているけど、もっと大きいものなんだって。小型犬と大型犬みたいなものなのかな？

——それでね、家からそのカフェまでひとりで歩きたいの。盲導犬といっしょだと、速く安心して歩けるって聞いたんだけど。……なかなか、うまくいかないね。

だから、訓練しているんだよ。スミレさんは、訓練を始めたばかりなんだもん。

——ワタシ、盲導犬と歩くのって、むいていないのかな？

ボクは起き上がって、スミレさんにぴたりと寄りそった。

あのね、ボクだって訓練を始めたばかりのころは、まちがってばかりだったんだよ。

――カンタ、なんだかワタシをはげましてくれているみたい。

スミレさんがそっと、ボクを抱きしめてきた。

ひとりじゃないよ。いっしょに歩くんだ。

――カンタがいてくれたら、がんばれそうな気がする。カンタは盲導犬ってだけじゃなくて、いやし犬でもあるんだね。

ミワくんにいわれた「信頼関係をきずく」っていう意味が、わかった気がした。

次の日、いつもと同じ道を歩いた。

——カンタ、ストレート、ゴー。

スミレさんの声がよく聞こえた。

歩きはじめたら、どんどんスピードが速くなった。きのうまでとは、ちがう道を歩いているみたいだ。

ボクが段差で止まったら、スミレさんも止まった。

——グッド、グッドー。

スミレさんのグッドからは、「うれしい」っていう気持ちがいっぱい伝わってきて、ボクのしっぽも「うれしい」ってゆれた。

――カンタのおかげで、ピアノをひくみたいに、リズムにのって歩けたよ。

ボクもうたうように、楽しく歩けたよ。

毎日、いろんな道を歩く訓練をしたあと、今度は、スミレさんが住んでいる町での訓練が始まった。

スミレさんの家から、仕事場のカフェまでを何度も歩いた。後ろから、ミワくんがついてきてくれているから安心だ。

スミレさんの頭のなかには、地図が入っているんだって。ボクが曲がり角や段差の場所を立ち止まって教えると、スミレさんが進む方向を指示するんだ。

CAFE

それから何日もかけて、スミレさんと近くの病院やスーパーに行ったし、よく利用する電車にも乗った。

ある日、ミワくんがいった。

――合格ですよ。おめでとうございます。

――やったぁ。

スミレさんがそういい、ボクのしっぽはビュンビュンはねまわった。

――おめでとう、カンタ。盲導犬カンタ号の誕生だなぁ。

ずっと待っていたことばなのに、胸がじんわり痛くなった。

うれしいと悲しいっていう気持ちが、いっしょに増えることってあるんだな。

わかってたんだ。訓練が終わったら、ミワくんはボクを置いて帰って

しまうってこと。

――じゃあな、カンタ。

ミワくんは車に乗るまで何度も何度も立ち止まり、ボクをなでたり頭をくっつけてきたり、抱きしめてきたりした。

――カンタは、いい盲導犬になります。本当にカンタは――。

――やさしくていい子、なんですよね。わかってます。

あのね、ボクが盲導犬になれたのは、ミワくんが訓練してくれたからだよ。

――カンタ、ありがとうな。

なのに、ミワくんのほうが、お礼をいった。

ボクは車のそばに来ると、いわれなくてもシットした。

――なんだ、ふつうだなぁ。

ミワくんはわらいながらボクの頭をなでて、車に乗りこんだ。

ボクは通せんぼうの木のように、しっかりウェイトして、車が去っていくのを見ていた。いい盲導犬の姿を見せることが、ボクからのいちばんの「ありがとう」だから。

車が見えなくなっちゃった。

キュキューン。

すぐにのびてきたスミレさんの手が、ボクの頭をなでてくれているうちに、悲しい気持ちがすこしへった。
だいじょうぶ。今日からは、スミレさんといっしょなんだから。
ふたりで、うたうように楽しく歩いていくんだ。

作：**草野あきこ**（くさの あきこ）
第32回福島正実記念SF童話賞大賞受賞。『おばけ道、ただいま工事中!?』（岩崎書店）でデビュー、同作品で第49回日本児童文学者協会新人賞を受賞。『魔女ののろいアメ』（PHP研究所）で第65回青少年読書感想文全国コンクール（小学校低学年の部）課題図書。ほかの作品に『三年三組　黒板の花太郎さん』『ジェンと星になったテリー』『カンタの決心　ボク盲導犬になる』（岩崎書店）、『魔女のなみだのクッキー』（PHP研究所）など。

絵：**かけひさとこ**
千葉県在住。 玩具・キャラクター雑貨の企画開発会社勤務を経て、イラストの仕事を始める。主な絵本作品に『かわいいおかし』『パンダぱん』（教育画劇）、『ゆうごはんなにたべたい?』（赤ちゃんとママ社）。挿絵に『捨て犬・未来ときらら、イノシシにであう！』（岩崎書店）など。

カンタの訓練　盲導犬への道

2024年6月30日　第1刷発行

作　草野あきこ
絵　かけひさとこ
発行者　小松崎敬子
発行所　株式会社 岩崎書店
〒112-0005　東京都文京区水道1-9-2
電話　03-3812-9131（営業）　03-3813-5526（編集）
装丁　山田 武
印刷所　株式会社光陽メディア
製本所　株式会社若林製本工場

NDC 913　ISBN978-4-265-07269-9　112P　22cm × 15cm

Published by IWASAKI Publishing Co., Ltd.
Printed in Japan

ご意見、ご感想をお寄せ下さい。E-mail: info@iwasakishoten.co.jp
岩崎書店HP: https://www.iwasakishoten.co.jp
落丁、乱丁本はおとりかえいたします。